www.tredition.de

AF196934

Leni Rempe

Nachspielzeit -

Jede Minute zählt

Patricia Hanebeck

www.tredition.de

© 2018 Leni Rempe

Verlag und Druck: tredition GmbH, Hamburg
ISBN: 978-3-7469-0095-7 (Paperback)
ISBN: 978-3-7469-3670-3 (Hardcover)
ISBN: 978-3-7469-0096-4 (E-Book)

Bibliografische Information der Deutschen Nationalbibliothek:
Die Deutsche Nationalbibliothek verzeichnet diese Publikation in der Deutschen Nationalbibliografie; detaillierte bibliografische Da-ten sind im Internet über http://dnb.d-nb.de abrufbar.

Autorin

Leni Rempe, geboren am 01. Februar 1993
in Vechta.
Ausbildung als medizinische Fachangestellte
wohnhaft in Berlin

Facebook : Leni Rempe

Instagram : lenirempe

Ganz ungeschminkt und mit großer Offenheit schildert Patricia Hanebeck, wie ihre Karriere als Profifußballerin verlaufen ist. Trotz privaten Rückschlägen und Schattenseiten des Fußballgeschäfts hat sie sich über ein Jahrzehnt in der Frauen-Bundesliga etablieren können.

Bundesligaspielerin mit 16, Karriereende mit 30 und stolze Besitzerin von zwei Hunden. Freuen Sie sich auf sportliche und private Einblicke. Die Geschichte wird vor allem auf dem beruhen, was Patricia mir erzählt.

Nachspielzeit – jede Minute zählt

Vorwort

Ich bin zunächst durch einen Zufall mit Patricia in Kontakt getreten.
Im Sommer 2017 kümmerte ich mich um die Vermarktung meines aktuellen Buches und verschickte über die sozialen Medien Einladungen zu meinen anstehenden Lesungen.
Beim Verschicken landete eine Einladung bei Patricia.
Sie schrieb mir daraufhin eine Nachricht und entschuldigte sich, dass sie leider nicht kommen könne.
Einige Tage später telefonierten wir und entschieden uns dafür, ein gemeinsames Buch zu schreiben. Seitdem sind nun zehn Monate vergangen.
Ich habe Patricia während dieser Zeit durch Höhen und Tiefen begleiten können.
Ich muss sagen, dass Patricia das Leben bewusst lebt, in dem sie perfekte Augenblicke und das Glück ganz bewusst versucht wahrzunehmen.
Liebe Patti, ich wünsche dir alles Gute für die Zukunft und viel Gesundheit!
Danke für die gemeinsame Zeit und die Arbeit an diesem Buch.

Deine Leni

Vorspann

Am 27. November 2004 wird das WM-Finale
der U19 Frauen in Bangkok ausgetragen.
Deutschland gegen China.
Die Aufstellung: Rinkes - van Bonn, Krahn,
Kuznik, Hauer, Behringer, Thomas, Okoyino ,
Laudehr, Hanebeck, Mittag.

Mit diesem Coup hat keiner gerechnet. Simone
Laudehr trifft in der 4. Minute zum 1:0. Mela-
nie Behringer macht in der 83. Minute mit dem
2:0 den Deckel drauf.
Abpfiff. Unfassbar.
Deutschland ist U-19 Weltmeister.
Kapitänin Annike Krahn nimmt den Pott ent-
gegen und streckt ihn zum Himmel.
Eine der wichtigsten Spielerinnen dieser
Mannschaft : Patricia Hanebeck.
Zur besten Spielerin des Turniers wird die
Brasilianerin Marta gekürt.
Die Marta, die ein paar Jahr später Weltfußbal-
lerin sein wird.

Fußballstationen:

Sankt Augustin	1991 – 2001
Bad Neuenahr	2001 – 2003
FCR Duisburg	2003 – 2008
Hamburger SV	2008 – 2009
1.FC Köln	2009 – 2011
Turbine Potsdam	2011 – 2013
SC Sand	2013- 2015
Turbine Potsdam	2015 – 2016
USV Jena	2016 -11/ 2016
TSV Crailsheim	1/ 2017 – 7/2017

Erfolge: Fritz- Walter- Medaille U19 Silber 2005 ,
U19 Weltmeister,
All-Star-Team U19 WM,
EM- Teilnahme,
Deutscher Meister 2012 mit
Turbine Potsdam ,
Champions-League Teilnahme,
Auswahl zum „Tor des Monats'' ,
Aufstieg in die Bundesliga mit dem
SC Sand 2014,
Vizemeister mit dem FCR Duisburg

Die Kindheit

Das Leben von Patricia Hanebeck beginnt im kleinen Städtchen Sankt Augustin, im Ortsteil Mülldorf.
Sankt Augustin liegt neun Kilometer von Bonn entfernt.
Patricia kommt am 26. Februar 1986, als zweites Kind von Antonette Anneliese und Jürgen Hanebeck in Siegburg auf die Welt.
Ihr Bruder Pascal ist drei Jahre älter.
Patricia, die von ihrer Familie liebevoll „Trice" genannt wird, ist bei der Geburt 3350g schwer und 53cm groß. Sie beschreibt sich selbst als „kein typisches Mädchen". Mit Puppen habe sie nie gespielt und in Kleidern fühle sie sich auch nicht wohl.
Aus dem Kindergarten kam sie täglich dreckig vom Spielen nach Hause.
„Pascal hingegen wurde nachmittags so abgeholt, wie er morgens abgegeben worden war. Patricia musste sich jeden Tag umziehen, weil sie sich draußen beim Spielen so dreckig gemacht hat." , erzählt Mutter Antonette.

„Mein Bruder hat irgendwann angefangen mich „Patrick" zu nennen. ‚Patrick, komm!' ,hat er dann zum Beispiel gerufen. Ich fand das aber total lustig und in Ordnung. Ich wurde nie gemobbt und alle haben mich immer so akzeptiert, wie ich war. Ich war sehr beliebt und hatte einen großen Freundeskreis. Als ich klein war, ging es für mich darum, meine Grenzen zu überschreiten, dabei wusste ich damals noch gar nicht, wo die überhaupt liegen. Ich hatte einen sehr ausgeprägten Bewegungsdrang."

Das erzählt Patricia, als wir angefangen haben über ihre Kindheit zu sprechen.
Als sie mit fünf Jahren auf einer Tartanbahn mit einem Fußball spielte, sprach sie ein Fußballtrainer an. Burkhard Maar.
Er war ihr erster Vereinstrainer. Er förderte sie und war wie ein zweiter Vater für das junge Mädchen. Ihr Bruder Pascal spielte auch Fußball und sah in seiner jüngeren Schwester immer eine Konkurrentin, mit der er „Kräfte gemessen" hat.
Ein Idol hatte die quirlige Sportlerin als Kind nicht. Aber sie war und ist bis heute ein großer
Fan des 1. FC Köln. Und an ein Erlebnis erinnert sie sich besonders gerne:
Der erste Stadionbesuch mit ihrer Familie. Mit den Worten: „Wir fahren heute ins Müngersdorfer

Stadion" überraschte Vater Jürgen seine beiden Kinder.
Früher hieß das heutige Kölner
Rhein-Energie-Stadion das Müngersdorfer Stadion.
Jürgen kaufte seinen Kindern eine große Tüte Süßigkeiten für damals 5 DM.
Patricia zog alles an was sie vom Kölner Fußballverein hatte. Einen Schal, eine Mütze und ein Trikot mit dem Geißbock auf der Brust.
Frei nach dem Motto: Am 8. Tag schuf Gott
den 1. FC Köln.

Ein großer Traum

Patricias größter Traum: Fußballprofi
beim 1. FC Köln zu sein.

„Als Kind wollte ich mal Stewardess werden, weil
die immer so hübsch ausgesehen haben. Aber im
Grunde wollte ich immer Fußballprofi werden und
beim 1. FC Köln spielen.
Und das ist mir gelungen! Mein Papa hat immer eine
wichtige Rolle in meinem Leben eingenommen, auch
weil ich seine Gene vererbt bekommen habe."

Vater Jürgen sieht sofort das Talent, das in seiner
Tochter steckt. Und er ist stolz darauf. Sie hat ein be-
sonderes Gefühl für den Ball und spielt kluge Pässe.
Das bestätigt auch Burkhard Marr.
Familie Hanebeck ist in den 80er und 90er Jahren
sehr aktiv im Karnevalsverein gewesen. Patricia

tanzte oft als sogenanntes Funkenmariechen auf der Bühne mit.

Nach der Grundschule besuchte sie zunächst ein Knaben-Gymnasium, das bedeutete auch an Samstagen Unterricht. Später war das allerdings nicht mehr mit den anstehenden Fußballspielen vereinbar, sodass sie auf ein gewöhnliches Gymnasium wechselte.

„Nach Schulschluss sind mein Bruder und ich dann immer schnell nach Hause gefahren, weil die ‚Oliver Geissen Show‘ im Fernsehen lief. Danach kam dann noch ‚Bärbel Schäfer‘, das haben wir immer gerne geguckt.‘‘ Patricia kichert ins Telefon. Zur Erklärung: Es handelt sich nicht etwa um Sportsendungen, sondern um Talk-Shows!

Wir machen einen Sprung zur Kommunion. Patricia ist zu diesem Zeitpunkt 9 Jahre alt.

Sie war das erste Mädchen, das keinen Rock getragen hat. Sie hat sich einen neckischen Eierschalen-Anzug ausgesucht. Es war damals so, wie es mit so vielen Dingen im Leben ist, wenn einer den Anfang macht, dann zieht der Rest irgendwann nach. Heute tragen viele Mädchen keine Kleider oder Röcke auf einer Kommunion oder Konfirmation. Doch damals war das untypisch. Aber Patti, so nenne ich sie, hatte schon damals ihren eigenen Kopf und wusste genau was sie wollte und was auf gar keinen Fall.

Eine wichtige Person in Patricias Leben ist ihre Oma Marion.
Marion und Opa Ewald Hanebeck leben im Rheinland.
„Meine Oma ist für mich ein ganz wichtiger Mensch. Jeder hat diese eine Oma, die nie etwas Negatives über die Enkelkinder sagen würde. Ich erinnere mich noch an ein Spiel, wir haben verloren und total schlecht gespielt. Dann habe ich mit meiner Oma telefoniert und sie fand es richtig gut."

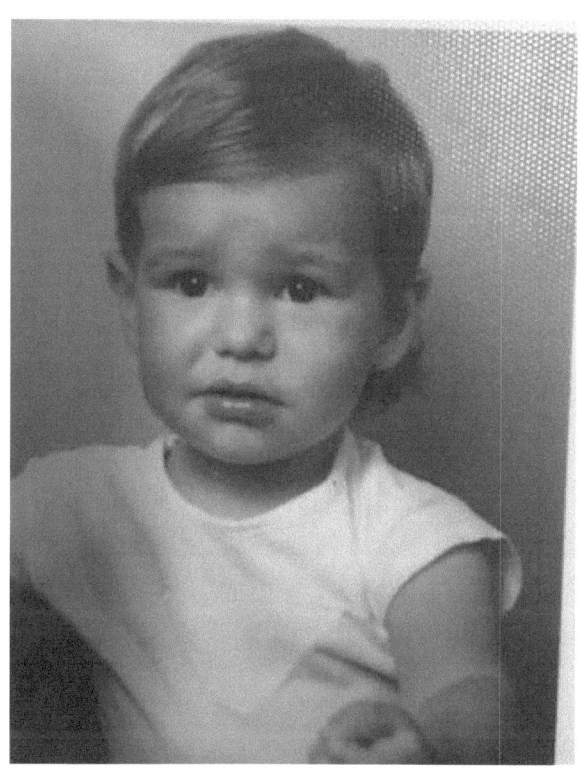

© Patricia Hanebeck

© Patricia Hanebeck
Patricia mit Bruder Pascal

Das Talent mit dem Geißbock auf der Brust

Im November 2017 habe ich mit Antonette Hanebeck, Patricias Mutter, telefoniert. Sie erzählte mir
viel über Patricias Kindheit, den Fußballalltag und
das Familienleben.

„Trice kam eigentlich durch ihren Bruder Pascal
zum Fußball. Pascal hatte viel Kontakt zum Fußball
und viele Freunde, Trice spielte dann einfach immer
mit. Dann wollte ich sie in einem Verein anmelden.
Bei uns in Sankt Augustin. Aber dort bin ich nicht
auf großes Verständnis gestoßen, weil sie ein Mädchen war. Dann spielte sie einmal auf der Tartanbahn und Burkhard Maar, ihr späterer Trainer, wurde auf sie aufmerksam.
Warum spielt sie noch nicht im Verein? Aus der
wird mal was! Sagte er zu mir. Und dann klappte es
also doch noch mit dem Verein in Sankt Augustin.
Ihr erster Verein war der ASV. Dann ging es immer
weiter und schließlich bis in die Bundesliga."

Antonette Hanebeck hat an diesem Tag mit mir über
Gott und die Welt gesprochen. Als wir nochmal auf
Patricias Fähigkeiten als Kind zusprechen
gekommen sind, lacht sie plötzlich los und erzählt,
dass sie Trice geraten habe eher mit dem Ball zu

spielen, anstatt im Karnevalsverein als Funkenmariechen zu tanzen, denn die Bewegungen seien nicht sehr rund und besonders elegant gewesen.

Bei den Jungs ist Patricia sofort respektiert worden. Sie war sogar Kapitänin in der D- Jugend.

„Trice wollte aber nie im Vordergrund stehen, obwohl sie Kapitänin war. Zum Beispiel bei einer Siegerehrung, da hielt sie sich einfach total zurück und wollte nicht im Mittelpunkt stehen", fügte Antonette noch hinzu.

Patricia fängt in der F-Jugend mit dem Fußballspielen an. Burkhard Marr begleitete sie von der F- bis zu der D-Jugend.

„Er hat mir den Grundschliff meiner Karriere verpasst. Dafür bin ich ihm sehr dankbar. Er war nicht nur als Trainer, sondern auch als Mensch eine ganz wichtige Stütze für mich."

Im Mai 2018 habe ich mit Burkhard Marr gesprochen und er hat mir einen guten Einblick in die anfängliche Karriere der Patricia Hanebeck gewähren lassen.

„Ich war Trainer beim ASV und habe einen Jungen namens Pascal trainiert.
Dann sah ich aber am Spielfeldrand ein junges

Mädchen mit dem Ball spielen, sie hatte ein unglaublliches Ballgefühl, das habe ich sofort gesehen. Patricia muss vier oder fünf Jahre alt gewesen sein. Ich habe gedacht: Mensch, die spielt ja besser, als die Jungs! Ich habe sofort gesehen, dass sie ein ganz großes Talent ist. Ich habe dann mit ihrer Mutter gesprochen und sie prompt in unserem Verein angemeldet. Patricia war das erste Mädchen überhaupt, das beim ASV gespielt hat.

Sie war die absolute Leistungsträgerin in der Mannschaft und eine sehr gute Vorlagengeberin, sie hatte immer den Blick für ihre Mitspieler. Das ist in dem Alter sehr ungewöhnlich und sehr besonders. Diese Eigenschaft hat sie ausgezeichnet und sie war sehr beliebt und anerkannt bei den Jungs. Und noch etwas muss ich hervorheben: Sie kann den tödlichen Pass spielen. Hinzu kommt ihr unermüdlicher Ehrgeiz. Trice war nie zufrieden mit sich, sie wollte immer besser werden. Leni, wissen Sie, ich habe Patricia immer ‚Trice' genannt.

Ich glaube, dass sich durch Patricia mehr Mädchen zum Fußball getraut haben. Sie hat vorgelebt, dass Mädchen auch Fußball spielen können. Die Hallenturniere im Winter waren auch besonders, weil die Zuschauer so begeistert von ihr waren. Patricia hat problemlos alle Jungs ausgetrickst.

Einmal habe ich im Training ganz bewusst nur mit dem ‚schwächeren Fuß' schießen lassen und bei allen sah das nicht so erfolgreich aus. Außer bei Trice, denn als Rechtsfuß konnte sie genauso gut mit dem linken Fuß schießen, deshalb sage ich, dass sie wirklich beidfüßig ist!

Besonders gefreut hat mich, als sie nach dem gewonnen Weltmeistertitel mit der U19 im Jahr 2004 in Sankt Augustin geehrt worden ist. Das hat sie sich als Fußballerin und als Mensch absolut verdient.

Und an ein Erlebnis kann ich mich auch noch besonders gut erinnern. Patricia war neun oder zehn Jahre jung, als ich sie in den Sommerferien, gemeinsam mit ihrem Kompagnon Rafael mit in die Halle genommen und gegen erwachsende Polizisten spielen lassen habe, ich war nämlich Polizist. Alle waren hellauf begeistert, was in diesem Mädchen steckt.

Ich habe Patricia und Rafael viel gefördert, auch außerhalb der Trainingszeiten.

Ich wünsche ihr, dass sie ein zufriedenes Leben lebt, zufrieden auf ihr bisheriges Leben zurückblicken kann und auch in Zukunft viel Glück haben wird."

Patricia nahm mit ihrer Mannschaft an verschiedenen Turnieren teil.

An ein Turnier kann sie sich noch sehr gut erinnern, denn der bekannte Sportausrüster Puma klopfte an der Tür.

„Ich war mit neun Jahren auf einem sogenannten Vergleichsspielturnier, wo etliche Mannschaften aus verschiedenen Kreisen mit über hundert Spielern zusammenkamen.
Ich war wieder das einzige Mädchen, aber ich wurde am Ende zur besten Spielerin des Turnieres gewählt und habe mich gegen die Jungs durchgesetzt. Dann wurde über dieses Turnier berichtet und ich war zufällig mit einem Puma-Oberteil, dass ich vom Verein hatte, und einer Puma-Hose, sowie Puma-Schuhen abgelichtet. Daraufhin hat sich Puma bei mir gemeldet und mir einen Junior-Vertrag angeboten, damit ich mir zweimal im Jahr Klamotten im Wert von damals 1000 DM aussuchen konnte. Das war unglaublich für mich und meine Familie. Diese großen Werbeverträge erhält man eigentlich erst in der Bundesliga, zumindest im Frauenfußball."

Die erste Bundesligaluft

2001 wechselt Patricia zum SC 07 Bad Neuenahr.
Dort hat sie zunächst ein Jahr bei den Mädchen spielen müssen, um für die Bundesliga Mannschaft aktiv werden zu können. Einmal die Woche hat sie in dieser Zeit trotzdem schon bei den Frauen trainieren dürfen, um sich an die Mannschaft zu gewöhnen.
Im Jahr 2002 startet Patricia in ihre erste Bundesliga-Saison.
Ihr erstes Bundesligaspiel war Bad Neuenahr gegen Turbine Potsdam.
„Ich habe ganz tolle Erinnerungen an dieses Spiel. Wir haben als Außenseiter gegen Potsdam gewonnen und ich habe ein Tor vorbereitet. Damals war mir allerdings nicht bewusst, was dieser Sieg bedeutete, denn für mich war immer jeder Gegner gleich. Aber meine Mitspielerinnen wussten es natürlich, weil Turbine einfach eine Spitzenmannschaft war und immer noch ist."
Patti hatte keinerlei Schwierigkeiten mit dem üblichen Niveau der Mannschaft.
Sie wird akzeptiert und ihr Talent wird anerkannt.
In dieser Zeit hat sie auch ihre erste feste Freundin.
Diese Beziehung ging allerdings auch schnell wieder

zu Ende. Das Thema Outing ist im Leistungssport relativ speziell. Und wir finden beide, dass schon allein das Wort „Outing" negativ behaftet ist. Deshalb haben wir es aus unserem Wortschatz gestrichen.

Patti erzählt ihrer Familie von ihrer Homosexualität erst zu der Zeit bei Turbine Potsdam.
Zu diesem Zeitpunkt ist sie 24 Jahre alt.

„Meine Familie sagte daraufhin zu mir: ,Ja und? Das haben wir eh gewusst. Und wo ist das Problem?' Da ist mir natürlich ein Stein vom Herzen gefallen. Ich habe zwar nicht gedacht, dass sie ein Problem damit haben, aber ich habe es einfach bis zu diesem Moment nie ausgesprochen. Ich bin im Rheinland aufgewachsen, da sind alle sehr offen. Ich denke, dass es auch oft eine Rolle spielt, wo man aufwächst."

Nach zwei sportlichen Jahren beim SC Bad Neuenahr gibt Patricia im Jahr 2003 ihren Wechsel zum FCR 2001 Duisburg bekannt.
Und es ist keine subjektive Meinung, wenn man sagt, dass der Verein zu der Zeit sehr chaotisch geführt worden ist. Immer wieder gab es Querelen und Ärger. Der FCR, der sich später MSV Duisburg

nennt und im PCC-Stadion spielt, startet dort am
17. August 2003 mit einem 3:2 Heimsieg gegen
Brauweiler Pulheim in die Saison.
Patti gab ihr Debüt am 24.08.2003, weil in der Woche
zuvor der nötige Spielerpass
noch nicht da gewesen ist.

Auf los geht's los

Die U-19-Weltmeisterschaft 2004 war die zweite für Fußballspielerinnen unter 19 Jahren in der Geschichte und fand vom 10. November bis zum 27. November 2004 in Thailand statt. Gespielt wurde in den Städten Phuket, Bangkok und Chiang Mai. Es nahmen 12 verschiedene Nationen teil, eine davon war Deutschland. Und Deutschland starte gut ins Turnier. Sie waren in der Gruppe mit den Gegnern Thailand, Kanada und Australien. Mit einem 6:0 Auftaktsieg gegen Thailand und einem 4:0 Sieg gegen Australien, standen nach zwei Spielen bereits 6 Punkte auf der Habenseite der deutschen Mannschaft. Im dritten Vorrundenspiel gegen Kanada ging es also nur noch um den Gruppensieg. Die deutsche Mannschaft legte einen sogenannten Blitzstart hin. Nach zehn Minuten führte Deutschland mit 2:0 durch die Tore von Patricia und Anja Mittag. Kurz vor der Halbzeit erhöhte Anja Mittag auf das zwischenzeitliche 3:0. Dann gelang den

Kanadierinnen aber ein Doppelschlag der Extraklasse. Von Minute 40 bis 42 erzielten sie die Anschlusstreffer zum 3:2.

Dann war Halbzeit.

Anpfiff zur zweiten Halbzeit. Brittany Timko, die spätere Torschützenkönigin des Turniers, erzielte das Tor zum 3:3 Ausgleich. Abpfiff.

Deutschland reicht dieses Unentschieden zum Gruppensieg.

Viertelfinale gegen Nigeria.

Deutschland hatte große Schwierigkeiten mit der sehr körperbetonten Spielweise der Afrikanerinnen. Nach 35 Minuten geriet Deutschland in Rückstand. Aber wieder war es Anja Mittag, die ihre Mannschaft rettete und in der 86. Spielminute das Tor zum 1:1 erzielte. Die Verlängerung blieb torlos.

Elfmeterschießen.

Beide Mannschaften zeigten zunächst keine Nerven. Dann parierte die Torfrau Tessa Rinkes einen Elfmeter auf deutscher Seite. 5:4 nach Elfmeterschießen.

„Die deutschen Frauen stehen im Halbfinale‟ titelte eine Zeitung.

Deutschland musste im Halbfinale gegen die USA ran. Am Ende heißt das Ergebnis 3:1 für Deutschland. Das Ticket für das Finale gelöst. Das war schon zu dem Zeitpunkt ein riesen Erfolg.

Am 27. November 2004 wurde dieses WM-Finale in Bangkok ausgetragen. Deutschland gegen China.

Die Aufstellung: Rinkes - van Bonn, Krahn, Kuznik, Hauer, Behringer, Thomas, Okoyino , Laudehr, Hanebeck, Mittag.

Mit diesem Coup hatte keiner gerechnet. Simone Laudehr traf in der 4. Minute zum 1:0. Melanie Behringer machte in der 83. Minute mit dem 2:0 den Deckel drauf. Abpfiff. Unfassbar. Deutschland ist U-19-Weltmeister. Kapitänin Annike Krahn nahm den Pott entgegen.

Zur besten Spielerin des Turniers wurde die Brasilianerin Marta gekürt. Die Marta, die ein paar Jahr später Weltfußballerin sein wird. Ein Jahr später ging es zur U19 EM nach Ungarn.

EM 2005 Ungarn

„Hanebeck sorgt für einen gelungenen Auftakt" , so titelten die deutschen Zeitungen nach dem ersten Gruppenspiel. Die U19-Auswahl des DFBs hatte zum Auftakt der EM in Ungarn, Schweden mit 1:0 (Halbzeit 0:0) besiegt. Kurz nach der Halbzeitpause sorgte Patti für das entscheidende Tor des Spiels. Nach einer guten Flanke von Simone Laudehr, hatte sie keine Mühe mehr den Ball einzuschieben. Sie war Kapitänin der Mannschaft und zeigte Verantwortung. Im Halbfinale scheiterte Deutschland dann schließlich mit einem 3:1 an Russland, die später Europameister wurden.

„Das war eine absolute Negativ-Erfahrung.
Aber aus diesen Misserfolgen kann man auch immer etwas Positives ziehen'',
kommentierte Patti diese EM.

Nach der Europameisterschaft ging der Liga-Alltag mit ihrem Verein FCR Duisburg weiter.

Die Saison 2005 / 2006 war von einem Dreikampf um die deutsche Meisterschaft geprägt, denn neben Duisburg spielten auch der 1. FFC Frankfurt und Turbine Potsdam um den Titel mit. Die Vorentscheidung fiel am 18. Spieltag. Duisburg verlor sehr

unglücklich mit 1:2 gegen Potsdam. Dann besiegte
Duisburg zwar am letzten Spieltag Frankfurt mit 4:0,
aber Meister wurde am Ende trotzdem Turbine
Potsdam.

Ähnlich verlief auch die Saison 2006/2007.
Für Duisburg war es eine turbulente Saison. Einen
Trainerwechsel, eine suspendierte Spielerin und am
Ende hieß es zum dritten Mal in Folge nur Vizemeis-
ter und galt aus diesem Grund als der ewige Zweite.
Ein Highlight der Saison war das DFB-Pokalfinale
im Berliner Olympiastadion.
Vor tausenden Fans spielen, die Stimmung aufsau-
gen und den Pokal holen.
Das hatte sich Duisburg vor diesem Spiel vorge-
nommen.

© Patricia Hanebeck/DFB 2005

© Patricia Hanebeck

© Patricia Hanebeck / 2005

DFB-Pokalfinale 2007 Frankfurt gegen Duisburg

Es ist der 26.Mai 2007. Tatort Olympiastadion Berlin und vor Ort sind 20.000 Zeugen, die sich das Frauen-fußball Pokalfinale zwischen Frankfurt und Duisburg ansehen.
Im Halbfinale setzte sich Frankfurt mit einem 4:0 gegen Saarbrücken durch. Duisburg gewann 5:1 gegen Essen-Schönebeck.

Das Finale der Frauen wurde bis 2013 im Berliner Olympiastadion, als Vorspiel des Männerfinales ausgetragen. Seit 2013 haben die Frauen ihren eigenen Austragungsort in Köln.
Der 26. Mai 2007 war von starken Regenfällen geprägt.
Und es war vom Outfit bis zum Auftritt ein schlechter Tag, zumindest aus der Sicht des FCR Duisburg.
,,Wir waren komplett durchnässt.
Wir hatten orange Hosen und orange Trikots – das sah schrecklich aus.
Wie Leuchtbojen" ,erinnert sich Patti.
Man könnte auch sagen, wie orange Textmarker!
Es war das erste Pokalfinale für die

damals 21-jährige Rheinländerin.

Und schon nach drei Minuten lag Duisburg zurück.
Die damalige Duisburgerin Anne van Bonn hatte die
Frankfurterin Birgit Prinz im Strafraum gefoult und
es gab einen Strafstoß.

Diesen Elfmeter verwandelte Renate Lingor sicher.
Kurz vor der Halbzeit konnte Duisburg dann durch
Sonja Fuss zum 1:1 ausgleichen. In der zweiten
Halbzeit bestimmte Duisburg das Spiel. Inka Grings
(Duisburg) erzielte in der 83. Spielminute ein Tor,
was jedoch wegen Abseits nicht gegeben wurde.

Nach 90 Minuten blieb es also beim 1:1 und das Spiel
ging ohne Verlängerung direkt ins Elfmeterschießen.
So sah es die Regel beim Frauenfußball damals vor.
Der damalige Trainer des FCR Duisburg, Thomas
Obliers, wechselte dann überraschend Torfrau Kath-
rin Längert aus und schickte Lena Hohlfeld ins Spiel.
Mit diesem Wechsel brachte Obliers Unruhe in seine
eigene Mannschaft und die Duisburgerinnen zeigten
Nerven. Frankfurts Torfrau Ursula Holl hielt die
Elfmeter von Vanessa Martini und auch den von

Patti. Holl wurde somit zur Heldin des Spiels. Als Petra Wimbersky den entscheidenden Elfmeter verwandelte, stand der 1. FFC Frankfurt als neuer Rekordpokalsieger fest.

Es war eine bittere Niederlage für den FCR Duisburg.

Vom Saulus zum Paulus und am Ende doch wieder nur der unbeliebte zweite Platz.

„Obliers hat unsere Torhüterinnen gewechselt. Er wollte den Gegner verwirren. Aber er hat eigentlich nur uns, sein eigenes Team, verwirrt. Wir haben keinen Elfmeter gehalten und das Spiel am Ende gegen Frankfurt verloren."

Patti erzählt mir, wie groß die Enttäuschung damals gewesen ist. Man ist so kurz davor den Pokal in die Luft zu strecken und in den entscheidenden Minuten gibt man noch alles aus der Hand.

„Und trotzdem lässt sich sagen, dass es unglaublich war diesen Tag zu erleben. Es war so eine unglaubliche Kulisse in Berlin."

Wenn Patti mir diese Erfahrungen und Erlebnisse schildert, dann bekomme ich Gänsehaut.

Nach diesem Pokalfinale geht es für viele Spielerinnen in den Kurzurlaub, ehe sie zur
WM- Vorbereitung müssen. Im Sommer 2007 findet die WM der A-Nationalmannschaft in China statt. Viele Mitspielerinnen wurden nominiert. Patricia Hanebeck wurde nicht berücksichtigt.

„Das erste Mal wurde ich in der U 16 vom DFB rausgeschmissen. Ich sollte den
Rheinland- Pfalz-Pokal spielen. Hatte dazu eine enorme Belastung mit der Bundesliga Mannschaft von Bad Neuenahr. Es war mein erstes Bundesligajahr. Hinzukam die Belastung mit der U16 und natürlich auch die Schule. Zu diesem Zeitpunkt hatte ich die Klasse bereits einmal wiederholt. Ich war Spielführerin der U16 und dachte, dass ich dadurch bereits gesichtet wäre, seitens des DFBs. Also habe ich mit meinen Eltern entschieden, dass ich erstmals nicht zum DFB-Lehrgang gehe und mich um die Schule kümmere. An dieser Stelle ist es mir wichtig zu sagen, dass die Schule wichtig für jedermann ist. Man muss einen Schulabschluss machen und auch an die Zeit nach dem Fußball denken.
Der damalige Nationaltrainer sagte dann allerdings

zu mir, dass er mich im Falle meines Wegbleibens nicht weiter berücksichtigen würde. Und das hat er dann auch durchgezogen. Silvia Neid hat mich dann in der U19 wieder berücksichtigt. Maren Meinert machte mich dann schließlich zur Spielführerin bei der U19-EM in Ungarn.

Irgendwann fingen allerdings Querelen an.

Als Kapitänin sollte ich mich mit allen unterhalten und gleich gut verstehen.

Aber es geht doch darum, eine Mannschaft zu führen und nicht darum, bei welchen Leuten ich am Tisch sitze. Dann kamen auch noch andere Differenzen dazu.

Ich bin täglich um 5 Uhr aufgestanden, damit ich um 6 Uhr bei der Arbeit bin. Dann bin ich direkt zum Training gefahren und war erst um 21 Uhr zu Hause. Dann bin ich total erschöpft ins Bett gefallen und musste ja auch am nächsten Tag wieder um 5 Uhr aufstehen.

Dass ich nicht die Sprinterin bin, das weiß ich. Aber ich habe dann vom DFB die Aufgabe bekommen, morgens vor der Arbeit noch Hüpfübungen zu machen, damit ich schneller werde. Da dachte ich dann irgendwann: Jetzt schlägt es 13!''

Patti und ich sitzen im „Café Rosa" in Berlin und vertiefen dieses Thema. Nach dem wir uns einen Kaffee bestellt haben, erläutert sie mir die Hintergründe beim DFB etwas genauer. Spielerinnen, die ihre eigene Meinung äußerten, waren schnell außen vor. Einige spielten, obwohl sie nicht den letzten Einsatz dafür brachten und eher mit Arschkriecherei beschäftigt waren. Das sind Sätze, die ich persönlich als Hobby-Fußballerin gut nachvollziehen kann, denn so geht es auch bereits in der Landesliga zu. Diese Methode verärgert dann natürlich die anderen Spielerinnen. Und das verärgerte allen voran auch Patricia. Wenn der Trainer keine klare Linie hat und die nicht akzeptiert wird, entsteht ganz schnell ein Konflikt innerhalb einer Mannschaft.

Oft bilden in einer Mannschaft die Mitläufer, besser gesagt die Ergänzungsspieler, die beim Trainerteam nicht zur ersten Wahl gehören, eine Gruppe. Jeder holt sich dadurch Verbündete zum Austausch. Manchmal beginnt diese Fraktion aus Frust gegen die andere Fraktion, in der die Stammspielerinnen und Lieblinge sind, zu schießen. Die Schwierigkeit ist, dass trotz dieser Prozesse das Mannschaftsgefüge funktionieren muss. Und noch eine zweite Schwierigkeit tut sich auf. Wenn die Sympathie oder die äußerliche Attraktivität darüber entscheidet, wer am Wochenende spielt.

Hier komme ich auf Patricias kurzfristigen Vereins-
wechsel im Sommer 2008 von Duisburg nach Hamburg.

„In Duisburg war alles sehr eigen. Als Martina Voss
als Trainerin zurückgekommen war, hat sie mich in
Kooperation mit meiner damaligen Freundin und
Mitspielerin hinter meinem Rücken aussortiert. Und
andere Spielerinnen wussten schon vor mir, dass
mein Vertrag nicht verlängert wird.

Es gab dort eine Clique, die auch privat in einem
sehr guten Verhältnis zu einander standen, um es
vorsichtig auszudrücken. Die Aussage mir gegenüber war damals: Du passt hier nicht mehr rein. Es
wurde mir zwar nicht weiter erklärt, aber die Ant-
wort konnte ich mir auch selber geben. Ja, ich passte
wirklich nicht mehr in diese Mannschaft, weil ich
dachte, dass man sportlich bewertet wird und nicht
danach, mit wem man seine Freizeit verbringt. An
dem Spruch „11 Freunde sollt ihr sein" ist nichts
Wahres dran. Das Angebot vom Hamburger SV kam
mir dann sehr gelegen und es ging für mich das erste Mal weit weg von zu Hause."

Wo sich eine Tür schließt, öffnet sich eben eine andere. An diesem Spruch ist wohl viel Wahrheit dran. In

Hamburg fing für Patricia ein neues Kapitel an. Und trotzdem ist die Enttäuschung über die Art und Weise groß.

„Ich versuche Dinge positiv zu sehen. Trotz allem glaube ich an das Gute im Menschen. Alles passiert aus einem bestimmten Grund. Und nach Regen kommt auch wieder Sonnenschein.‟

In der Kabine, viele kennen es eventuell auch aus eigenen Mannschaften, wird vor dem Spiel als Ritual immer Musik gehört. Das sogenannte Einstimmen auf das Spiel, bevor die absolute Konzentration erwartet wird. Viele Spielerinnen hören Pop, R'n'B oder Hip-Hop. Patti hat ihren eigenen Geschmack, ihr Lieblingslied ist „ich liebe das Leben‟ von Vicky Leandros.
Und ich finde, dass dieses Lied sehr zu ihr passt.
Als wir darüber sprechen, sagt sie ganz trocken: „Ab und zu durfte ich auch mal ein Lied aussuchen und hören.‟
Dann müssen wir beide lachen.

Der Mädchen- und Frauenfußball ist im Kommen. In den letzten Jahren hat er sich unheimlich entwickelt und wird mittlerweile auch in der Gesellschaft angesehen.

Das Vorurteil, dass Mädchen keinen Fußball spielen können oder die Mädchen aussehen wie Jungs, ist längst überholt.
„Ich hatte eigentlich nie Probleme mit diesem Vorurteil, ich bin ja schon als Kind von den Freunden meines Bruders akzeptiert worden. Aber natürlich auch aus dem Grund, weil ich mit dem Ball umgehen konnte."
Patricia hat die Zuschauer stets begeistert, auch die Zuschauer der Gegner. Aber natürlich hat jeder Fußballverein seine eigenen Anhänger.

„Der Unterschied ist allerdings, dass diese bezogen auf den Männerfußball in ganz Deutschland verteilt sind. Das heißt, es gibt Bayern-Fans in Hamburg und Köln-Fans in Frankfurt. Im Frauenfußball ist das hingegen sehr regional. Kommst du aus Frankfurt, dann bist du sozusagen zwangsläufig auch Fan des 1.FFC Frankfurt. In Potsdam sind die Fans einmalig. Das durfte ich zum Glück selbst erleben. Turbine hat eine riesen Fangruppe, die auch seit Jahren immer größer wird. Die Leute stehen bei Wind und Wetter im Stadion und es herrscht immer Ausnahmezustand.
Das gibt es bei den anderen Vereinen in der Bundesliga in dieser Form (noch) nicht. Dieser Unterschied

ist innerhalb der Liga noch enorm groß. Wir sind ja
auf die Zuschauer angewiesen, denn in gewisser
Weise sichern sie ja auch unseren Arbeitsplatz und
unseren Verdienst.
Bei schlechtem Wetter sind die Ränge total leer.
Im Männerfußball stellt sich die Frage nach dem
Wetter gar nicht erst."

Anekdoten und Weggefährten

Eine wichtige Freundin für Patti ist
Charline Hartmann.
Auch Charline kam durch ihren Vater zum Fußball.
Die Ballettschuhe flogen in die Ecke, dafür schnürte
sie dann lieber die Fußballschuhe. Und ihr Weg
führte sie nach oben bis in die Bundesliga. Im Januar
2018 habe ich erstmals mit Charline sprechen dürfen
und mir wurde schnell klar, dass sie vom Charakter
genauso ist wie Patti. Schnell erzählte sie mir eine
Anekdote aus alten gemeinsamen Fußballzeiten.
„Ich habe zusammen mit Patti in der damaligen
Niederrhein-Auswahl gespielt. Wir hatten eine sehr
intensive Zeit zusammen. Ich erinnere mich an einen
Tag, an dem wir zusammen auf einem Zimmer waren. Morgens hatten wir ein Spiel und haben dann
am Nachmittag beschlossen noch auf die Sonnenbank zu gehen. Wir waren aber etwas zu lange drauf
und ich habe mir das Gesicht total verbrannt. Wir
haben eigentlich immer Mist gebaut."
Charline muss kurz lachen und ich fange auch schon
an zu grinsen, dann höre ich wieder gespannt zu.
„Am Abend haben wir alle gemeinsam gegessen
und sind dann alle auf unsere Zimmer.

Patti und ich hatten uns noch ein V+Lemon gekauft. Das war
natürlich verboten. Die damalige Trainerin hat dann ihren Routine-Rundgang gemacht und kam in jedes Zimmer. Patti und ich haben schnell die Flaschen hinter uns versteckt, allerdings ist sie hinter mir umgekippt. Ich frage mich bis heute, ob die Trainerin das damals bemerkt hat. Es kam auf jeden Fall nie zur Sprache."
Patti erzählt mir die gleiche Geschichte. Allerdings etwas anders!
„Wir waren gar nicht auf der Sonnenbank, Charlines Kopf war so rot vom Bier!"
Patti lacht laut los.
Charline und ich setzen unser Gespräch weiter fort und kommen auch auf ein ernstes Thema.
Ehrgeiz und Anspruch.
„Wir waren immer sehr ehrgeizig. Gerade Patti hat immer Hundertprozent gegeben. Wir haben aber auch oft Sachen gemacht, die „verboten" waren. Aber wir haben auf dem Platz immer alles gegeben. Wir haben beide immer unsere ehrliche und eigene Meinung gesagt. Dadurch sind wir auch angeeckt. Wenn man selbst einen hohen Anspruch hat, dann überträgt man diesen automatisch

auf die eigenen Mitspielerinnen. Ich muss aber sagen, dass wir beiden unseren Weg bis in die Bundesliga gemacht und uns dort über viele Jahre etabliert haben."

Charline und Patti haben zusammen in Duisburg und in Köln gespielt. Sie waren Mannschaftskolleginnen, Gegnerinnen und sind bis heute gute Freunde.
„Charline ist eine Freundin, die geblieben ist. Das ist in diesem Geschäft sehr selten", sagt Patti stolz und nachdenklich zugleich.
„Wir waren wirklich beide extrem ehrgeizig. Teilweise haben mich die Leute auch als arrogant eingestuft. Aber ich bin alles andere als das. Das merken die Menschen, wenn sie mich näher kennen. Ich bin nur extrem anspruchsvoll. Der Kontakt mit Charline ist stets bestehen geblieben. Grundsätzlich haben wir beide 15 Jahre für den Fußball gelebt und auf vieles verzichtet, aber natürlich hatten wir auch unsere Ausflüge."

Patti beginnt noch eine weitere Anekdote zu erzählen.
„An einem Samstag mussten wir zu einem Auswärtsspiel, welches dann am Sonntag stattfand. Am Vorabend sind wir allerdings weggewesen und ha-

ben eigentlich gar nicht geschlafen.

Abschlusstraining hatten wir vor der Abfahrt auch noch und da
haben wir gedacht: Wunders nicht wie schnell wir auf der Koordinationsleiter sind. Wir kamen uns echt gut vor. Dann hat aber jede zu der anderen gesagt: Ey, du bist so langsam, das sieht echt schlimm aus!"
Patti kichert ins Telefon.
„Aber aus dem schlechten Gewissen heraus haben wir dann im Spiel doppelt viel Gas gegeben", fügt Patti hinzu.

© Patricia Hanebeck

Patti mit Charline Hartmann beim 1.FC Köln

Eine weitere Freundin für Patricia ist Nicole Treyer. Nicole hat mit dem Fußball nichts am Hut und hat Patti außerhalb des Fußballs, in einer privaten Atmosphäre, kennengelernt.

„Mein erster Eindruck von der Patti war irgendwie komisch. Sie war so zurückhaltend und auch irgendwie verhalten. Aber wir mussten einfach nur warm werden. Dann stellte sich auch dieser tolle Charakter heraus, Patti ist ein so herzlicher und ehrlicher Mensch. Ich weiß noch ganz genau, wann das Eis zwischen uns gebrochen ist. Ich war bei Patti und meiner Schwester Ramona zu Besuch und ich habe eine Gitarre an der Wand hängen gesehen. Patti hatte dann auch ein bisschen was getrunken gehabt, Bier mit Cola mag sie nämlich gerne, und ist immer lockerer geworden und wir haben uns nett unterhalten. Dann hat sie mich gefragt: Du, magst du James Blunt? Dann habe ich gesagt: ‚Ja, voll gerne.‘ Sie wollte dann nur für mich ein Lied von ihm auf der Gitarre spielen, da habe ich mich total gefreut. Dann hat sie sich die Gitarre geholt und sich hingesetzt. Dann stellt sie Youtube an und fängt an zu singen. Ihre Griffe haben auch gar nicht gepasst. Ich musste so lachen, weil sie das auch ganz ernst und selbstbewusst verkauft hat. Da hat sie mich wirklich auf den Arm genommen, weil sie gar nicht Gitarre spielen kann. Und seitdem sind wir auf einer Wellenlänge.''

Das Leben zwischen Fußball und Angst

Licht aus, Scheinwerfer an.
Auf dem Platz strahlt Patricia. Sie ist eine Führungs-
spielerin. Eine, die voran geht und mit ihrem Talent
immer wieder für einen Wow-Effekt sorgt. Aber in
ihrem Inneren bahnt sich immer wieder in zunächst
unregelmäßigen Abständen ein negatives Gefühl an.
Patti und ich machen einen langen Spaziergang
durch einen Wald in Crailsheim.
Es ist ein schöner Frühlingstag im April 2018.

2008 zieht Patti aus sportlichen Gründen nach Hamburg. Das erste Mal weit weg von zu Hause.
Im gleichen Jahr entwickelte sich bei ihr etwas, was
sich schon in den vergangen Jahren angedeutet hatte.
Seelische Erkrankungen nehmen in der heutigen,
sehr leistungsorientierten und materiellen Welt immer mehr zu. Sie können durch Scham und dadurch,
dass sie tabuisiert werden, ganz ungestört in unserem Innersten wuchern und sich ausbreiten. Erlebnisse der Kindheit, Schicksalsschläge und das soziale
Umfeld, haben allesamt die Macht, einen Menschen
zu einem Spielball seines eigenen Lebens zu degra-
dieren. Schwach zu sein ist peinlich und passt nicht
in eine Zeit, die schnelllebig ist und die

Grundelemente ihrer Moral auf Statussymbole und Mitmach-Funktion aufbaut.

Bei Patti fielen die ersten Schatten in diesem besagtem Jahr 2008.
Die Eltern trennen sich in diesem Jahr und das innere Unwohlsein nimmt mehr und mehr zu.

„Ich leide unter Panikattacken und Ängsten. 2008 fing es in meinem Privatleben an.
2009 hatte ich dann eine richtige Panikattacke. 2011 fing es allerdings an, sich auf den Sport zu übertragen. Ich erinnere mich an das Benefizspiel in Jena. Ich habe zur Anzeigentafel geschaut und es waren noch lange 20 Minuten zu spielen. Ich habe nur gedacht: Bitte jetzt nicht auch noch hier auf dem Fußballplatz. Der Fußball hatte mich bis dahin immer gut abgelenkt und ich konnte mich gedanklich wegflüchten. Ich habe es beim Sport unterdrücken können, doch nach diesem Spiel hat es immer mehr und mehr zugenommen. Ich hatte ab diesem Moment während der 90 Minuten immer 12 Gegner.
11 aus der Gegenmannschaft und meine eigenen Gedanken. Das war sportlich eine sehr schwere Zeit für mich. Ich denke, dass diese Ängste auch aus Erfahrungen, Erlebnisse und aus Konflikten innerhalb meiner Familie resultieren. Da war nicht immer alles im grünen Bereich und nicht alles schön.“

Patricia erzählt mir, dass sie mit den Jahren eine Therapie begonnen hat, in der sie Dinge aufarbeitet. Sie versucht mir in den Gesprächen und Nachrichten immer wieder bildlich zu erklären, was in ihr vorgeht. Wir reden dann von der „gelben Bank".

„Ich würde die gelbe Bank in meinem Leben meiden, wenn ich wüsste, dass sie der Auslöser dafür ist und wenn es sie geben würde. Aber leider weiß ich nicht, wann diese Panikattacken kommen",erzählt sie mir.

Bei einem Anflug einer Panikattacke bekommt sie schwer Luft und das Herz schlägt ihr bis zum Hals. Einmal ist sie zusammengebrochen und hatte Todesangst. „Ich hatte das Gefühl, dem Tode ganz nahe zu sein, ich habe nicht mehr ruhig atmen können und bin nur noch auf den Boden gesackt."

Patti erzählt mir, dass sie am liebsten Fußballspiele abgesagt hätte.

„Ich habe Angst vor der Angst entwickelt. Auf dem Fußballplatz habe ich dann irgendwann eine Schutzmauer um mich gebaut, um nicht alles von außen an mich heran zu lassen. Und dann kamen wieder diese Sprüche: Die Hanenbeck, das ist aber eine Arrogante.

Aber jeder der mich kennt, der kann bestätigen, dass ich so nicht bin."

Patti ist eine erfolgreiche Spielerin gewesen und ist maßgeblich an gewonnenen Titeln beteiligt.

Dadurch ist aber auch Jahr für Jahr der Druck auf sie gewachsen.

„Der massive Druck, der immer weiter wächst, wenn du in der Öffentlichkeit stehst und nicht nur eine Ersatzspielerin bist, wird auch zur Zerreißprobe.

Ich kann unheimlich schwer die Kontrolle abgeben. Das war im Sport natürlich auch so. Auch wenn ich mal einen schlechten Tag hatte, wollte ich trotzdem spielen, weil ich der Meinung war, dass ich es trotzdem richten kann und muss. Als die Panikattacken kamen, da habe ich ungewollt die Kontrolle über mich abgegeben.“

© L. Rempe / Rehberge Berlin

Die Gesellschaft hat noch keinen Umgang damit ge-
funden. Das beste Beispiel dafür ist ein gewisser Se-
bastian Deisler.

Deisler war ein Jahrhunderttalent. Er wurde zum
Heilsbringer des deutschen Fußballs stilisiert. Mit 27
Jahren gab er im Januar 2007 seinen Ausstieg aus
dem Profigeschäft bekannt. Er war leer, entkräftet
und gebrochen. Deislers Karriere als Profi währte
nur acht Jahre, dennoch hat er die wohl größte Weg-
strecke zurückgelegt: von ganz unten nach ganz
oben und wieder zurück.

Ein Gehirn verhält sich nicht anders als andere Or-
gane, denen man lange nichts Gutes tut.

Alkoholikern versagt irgendwann die Leber ihren
Dienst.

Genauso sendet das Gehirn Warnsignale.

Und es ist auch ein bisschen wie ein Mythos, dass
ein Fußballprofi glücklich ist. Hinter diesen Gesich-
tern, die teilweise auch als Werbeikonen fungieren,
stecken immer noch Menschen.

Die Medien hinterfragen allerdings nicht, aus welchem Grund ein Spieler oder eine Spielerin mal nicht
so funktioniert wie gewohnt. Warum nicht immer
nur alles toll ist und jeder strategische Pass gelingt.
Unter welchem Druck Fußballer und Fußballerinnen
stehen, das brachte auch Per Mertesacker im März

2018 öffentlich zum Ausdruck.

Der Weltmeister kritisierte den Profi-Fußball am eigenen Beispiel.

Sein Körper habe auf die hohe Erwartungshaltung vor Spielen mit Brechreiz und Durchfall reagiert. Außerdem erklärte er, dass es irgendwann nicht mehr nur um Spaß geht, sondern nur noch um Leistung, ohne Wenn und Aber. Besonders belastend habe er den Druck während der Heim-WM 2006 in Deutschland empfunden. Als Deutschland gegen Italien ausschied sei er enttäuscht, aber vor allem erleichtert gewesen.

Neustart(s)

Sportlich fing es 2008 beim Hamburger SV zunächst sehr gut an. Patti schoss bei ihrem Debüt gegen den USV Jena 3 Tore.

„Hamburg war eine tolle Erfahrung. Mein erstes Spiel war auswärts in Jena. Wir lagen 2:0 hinten und haben am Ende noch 2:3 gewonnen. Ich habe dabei 3 Tore geschossen, aber leider war es kein Hattrick, weil es nicht in einer Halbzeit war."

Nach einem Jahr in Hamburg wechselt sie 2009 für zwei Jahre zu ihrem Herzensverein 1. FC Köln in die 2. Bundesliga. Das Ziel ist der Aufstieg in die erste Bundesliga. Doch leider bleibt dieser Erfolg in beiden Jahren verwehrt. Während dieser Zeit betreibt Patti mit einem befreundetem Wirt eine Kneipe im Kölner Stadtteil Troisdorf, die „Zur Südkurve" heißt.

Zur Eröffnung waren viele prominente sportliche Gäste anwesend, nämlich die gesamte Frauenfußballmannschaft des 1. FC Köln.

„Durch Patricia bin ich ein noch größerer Fan des Kölner Profi-Frauenfußballs geworden, als ich es vorher ohnehin schon gewesen war. Mit der „Südkurve" möchte ich nun ein Fan Lokal für den

Frauenfußball eröffnen. '', sagte er damals in einem Interview.

In Köln spielt Patti, nach der gemeinsamen Zeit in Duisburg erneut mit Charline Hartmann zusammen. „Es war unglaublich für mich, in dieser Stadt spielen zu dürfen. Das Franz-Krämer-Stadion ist einfach ein tolles Stadion. Ich finde es unheimlich schade, dass wir den Aufstieg in die erste Bundesliga nicht geschafft haben, aber wir haben einfach alles versucht. ''

Eine weitere Leidenschaft neben dem Fußball sind Tätowierungen.
Mittlerweile zieren viele Tattoos den Körper von Patricia Hanebeck.
„Es gibt zwar Tattoos, die ich mir wohl heute nicht mehr stechen lassen würde, aber ich bereue kein einziges, denn in dem Moment habe ich es für richtig gehalten und habe es voller Überzeugung getan. Für mich ist das Kunst. Und ich muss dazu sagen, wenn einschneidende Erlebnisse in meinem Leben passieren, dann dokumentiere ich sie gerne. Damit verarbeite ich auch das ein oder andere. Ich schiebe es nicht weg, sondern halte es fest und das können positive und negative Dinge sein.''
Die drei wichtigsten Tattoos sind die Skyline von

Köln, ein Fußball und zwei Würfel die eine Zehn ergeben.

„Ja, die Skyline von Köln habe ich mir stechen lassen, weil ich mit der Stadt natürlich sehr verbunden bin. Ich bin in der Nähe aufgewachsen, habe dort selbst Fußball gespielt und bin großer 1.FC Köln Fan.

Der Fußball auf meinem Arm ist, denke ich, selbsterklärend. Und die zwei Würfel mit der Zehn habe ich mir verewigen lassen, weil die Zehn einfach meine Glückszahl ist und ja auch immer meine Rückennummer war."

Im Sommer 2011 wechselte Patti für zwei Jahre zu Turbine Potsdam.

Potsdam zählt zu den Spitzenteams der Frauen-Bundesliga und konnte schon einige Titel feiern.

„Ich wollte einfach nochmal angreifen und auf hohem Niveau spielen. Potsdam hatte ganz andere Ambitionen."

Vor dem Start in die Vorbereitung mit Potsdam gab Patti ein Interview, welches auch bezeichnend dafür ist, dass sie weiter denkt. An das Leben nach dem Fußball. Im gleichen Sommer fand auch die Weltmeisterschaft im eigenen Land statt, aber das ist an dieser Stelle nur eine Randnotiz, denn Patti wurde schon lange nicht mehr berücksichtigt.

Am Montag beginnt bei Turbine Potsdam das Training für die neue Bundesliga-Saison.
Für Sie als neue Spielerin wird das Neuland sein, Frau Hanebeck.
Sie wissen sicherlich, dass Chefcoach Bernd Schröder im Training hohe Anforderungen hat, oder?

Sicher habe ich das eine oder andere gehört. Aber ich bin ein Mensch, der wenig auf Erzählungen gibt, sondern sich lieber sein eigenes Bild macht. Ich freue mich auf das Training.

Wie hat Bernd Schröder Ihnen die Rückkehr vom Zweitligisten 1. FC Köln in die erste Bundesliga schmackhaft gemacht?

Das war nicht schwer, weil ich sowieso gern wieder in der ersten Liga spielen wollte.
Daher kam mir Potsdams Angebot sehr gelegen.

Sie spielten in der Vergangenheit schon mit dem SC 07 Bad Neuenahr, dem FCR Duisburg und dem Hamburger SV gegen Turbine. Warum sind Sie 2009 eigentlich in die zweite Liga gewechselt?

Das war ein sehr spontaner Entschluss, denn ich hatte eigentlich noch einen Drei-Jahres-Vertrag in Hamburg. Ich bin damals nach Köln gegangen, weil der FC schon immer mein Traum war. Als der dann eine Frauenmannschaft für die zweite Liga bildete und dafür viele Erstliga-erfahrene Spielerinnen holte, war das für mich Grund genug, nach Köln zu wechseln.

Waren die beiden Jahre zweite Liga für sie verlorene Jahre?

Nein, das würde ich nicht sagen. Sie waren für mich vielleicht nicht so hilfreich, wie sie es in der ersten Liga gewesen wären. Aber man lernt auch dort einiges.

Wie werden Sie nun Potsdam am meisten helfen können?

Gute Frage. Das wird sich zeigen. Natürlich nimmt man sich als Spielerin, gerade wenn man neu in einen Verein kommt, immer einiges vor. Man ist ja auch in einer Art Beweispflicht, dass ein solcher Wechsel zu einem solchen Spitzenverein wie Turbine gerechtfertigt ist.

*Sie haben in der Vergangenheit als Versicherungsvermitt-
lerin in der Agentur ihres Vaters gearbeitet.*

Ich war schon im letzten Jahr selbstständig und hatte
in Köln eine Sportkneipe, die auf die Damenmann-
schaft des 1. FC Köln ausgerichtet war. Die habe ich
mit dem Wechsel nach Potsdam aufgegeben, weil
das jetzt logischerweise nicht mehr machbar ist.

Wollen Sie nun eine Kneipe in Potsdam eröffnen?

Nein, auf keinen Fall. Die Vorbereitung auf die neue
Bundesligasaison mit dreimal Training pro Tag wird
es schwer, etwas nebenher zu machen. Aber ich will
mich in Potsdam beruflich neu orientieren, weil ich
es für wichtig und sinnvoll halte, nach dem Fußball
etwas in der Hand zu haben.

Turbine Potsdam war lange die einzige ostdeutsche Frauenfußballmannschaft, die in der Bundesliga vertreten war. Das „Karli", das Karl-Liebknecht-Stadion mit seinen Steinstufen in Potsdam-Babelsberg, ist wie eine Burg in der die Gegner es schwer haben Punkte zu holen.
Bernd Schröder, Potsdams damaliger Coach, war kein Trainer mit Weichspülgang, sondern mit Schleudergang, dort macht keine Spielerin einen auf Staubfänger.
Im Frühjahr 2012 konnte Patricia mit Turbine Potsdam die deutsche Meisterschaft gewinnen. Einer der größten Erfolge in ihrer Karriere.

Pattis Tor war in der ARD-Sportschau zur Auswahl zum „Tor des Monats", wo die Zuschauer abstimmen können.
„Aber gegen die Tore der Männer hatte ich leider keine Chance! "

Vor Beginn der Saison 2011/2012 musste Potsdam den Wechsel von Nationalspielerin Fatmire Bajramaj (heute Alushi) zum Ligakonkurrenten 1. FFC Frankfurt verkraften. Trotzdem konnte Turbine bis zum letzten Spieltag um die Meisterschaft mitspielen und sich dann tatsächlich am letzten Spieltag mit einem deutlichen 8:0-Sieg gegen den 1. FC Lokomotive Leipzig die vierte Meisterschaft in Folge sichern.

Dieses Phänomen war zuvor noch keiner Mannschaft seit der Gründung der Frauen-Bundesliga gelungen. Turbines Neuzugang Genoveva Anonma sicherte sich zudem mit ihren 22 Saisontoren die begehrte Torjägerkanone und trug ein großes Stück zur Meisterschaft bei.

„Die Schale in der Hand zu halten, das war ein unbeschreibliches Gefühl. Jeder träumt davon und mit Potsdam waren solche Titel einfach möglich", blickt Patti zurück.

Die Spitzenspiele fanden immer gegen Frankfurt und Wolfsburg statt.

Ein Spiel gegen Frankfurt blieb besonders in Erinnerung, denn es war an Brutalität und Spannung kaum zu überbieten.

Spitzenspiel 30.09.2012 Potsdam gegen Frankfurt
3 Schwerverletzte prägen das Spitzenspiel

Es war das Spitzenspiel Potsdam gegen Frankfurt.
Doch das Endergebnis wurde zur Nebensache.
Tage vor dem Spiel gab Patti ein Interview.

Was erwarten Sie von diesem Spitzenspiel?

„Ich erwarte eine richtig gute Stimmung, Engagement auf beiden Seiten und letztlich 3 Punkte für uns, aber einen Tipp möchte ich nicht abgeben."

Machen Sie ein Tor am Sonntag?

„Mal schauen ! Das ergibt sich im Spiel."

Wie falsch Patti damit lag, das kann im Vorfeld keiner ahnen.
Es war eine Gala ohne Abendkleid. Eher eine Gala mit abgebrochenen Absätzen.
Zunächst brachte Kerstin Garefrekes den FFC Frankfurt mit 0:1 in Führung.
In der 71. Minuten schoss Patti dann einen „Kroosartigen" Freistoß in den Strafraum des Gegners und Yuki Ogimi köpfte zum 1:1 Ausgleich ins Frankfurter Tor. Bis zu diesem Moment war es ein ganz gewöhnliches Fußballspiel, dann folgte ein mittleres Drama. Blut und Schmerzen.

Die beiden Turbine Spielerinnen Alexandra Singer und Stefanie Mierlach prallten mit den Köpfen zusammen und blieben zunächst regungslos am Boden liegen.

Blutüberströmt wurden beide vom Platz getragen und alle Spielerinnen auf dem Platz standen unter Schock.

Potsdam hatte zu diesem Zeitpunkt bereits dreimal gewechselt und musste zu neunt weiterspielen.

„Das war unwürdig, da hätte man abbrechen müssen!'', sagte der damalige Turbine Trainer Bernd Schröder nach dem Spiel.

In der 89. Spielminute netzte Fatmire Bajramaj zum 1:2 für Frankfurt ein. Der Jubel blieb bei den Frankfurterinnen aus. Bajramaj hatte lange in Potsdam gespielt und auch bei den Frankfurterinnen saß der Schock über die Kopfverletzungen der Turbine-Spielerinnen tief.

Sekunden vor dem Abpfiff gab es dann die dritte unschöne Szene, denn Tabea Kemme foulte Bajramaj so hart, dass auch sie ins Krankenhaus gefahren werden musste.

Frankfurt gewann am Ende die drei Punkte, aber eigentlich gab es an diesem Tag nur Verlierer.

Im November 2012 gab es dann den nächsten Dämpfer für Potsdam.
Das bittere Champions-League-Aus gegen Arsenal London.
Die Mittelfeld Regisseurin wurde wieder zu einem Interview gebeten.

Habt ihr nach der Halbzeit noch dran geglaubt?

Ja, definitiv ! Sonst wären wir nicht so aus der Halbzeit gekommen.

Ist die Enttäuschung riesengroß oder geht's?

Ja, denn gerade in der zweiten Halbzeit hat man gesehen, dass alles drin war. Wir hätten gewinnen können, wenn wir schon in der ersten Halbzeit so aufgetreten wären. Ja, die Enttäuschung ist sehr groß. Gerade wenn man drei eigene Tore schießt und dann noch verliert, das ist bitter.

Woran lag es, dass in der ersten Halbzeit nicht viel geklappt hat?

Keine Ahnung ! Ich weiß es nicht. Wir waren irgendwie ängstlich und verunsichert.

In einer Situation sind Sie zu Boden gegangen. War das ein Elfmeter?

Ja! Meine Gegenspielerin berührt ja nicht den Ball. Und da war auch noch ein zweiter Elfmeter fällig nach einem klaren Handspiel, aber das ist Fußball.

Die heutige Schiedsrichterin hat nicht gerade für Potsdam gepfiffen oder?

Aber verpfiffen hat sie uns auch nicht. Ich fand ihre Leistung jetzt nicht übertrieben schlecht, aber zumindest das Handspiel muss man sehen.

Nachdem wir uns dieses Interview angesehen haben, sprechen wir darüber, dass es wirklich komische und überflüssige Fragen gibt. Die Enttäuschung nach einem verlorenen Spiel ist immer grenzenlos und die Ursache kann man wohl auch noch nicht direkt nach dem Spiel ausmachen.

19. Mai 2013 DFB-Pokalfinale VfL Wolfsburg – Turbine Potsdam

© Patricia Hanebeck/ DFB Pokal 2013

Heimspiel für Patricia Hanebeck.
Das DFB-Pokalfinale in Köln. In Köln ist sie zu Hause.
Vor dem Spiel äußerte sich Patti so:
„Für mich persönlich ist jedes Spiel in Köln ganz besonders emotional. In dieser Stadt und Umgebung bin ich groß geworden und habe meine ersten Fußballerfolge eingefahren, die den Grundstein für meine Karriere gelegt haben. Ich bin grundsätzlich sehr heimatverbunden. Natürlich auch wegen des Kölner Karnevals. Und für jede Spielerin, unabhängig davon ob Profi oder Amateur, ist das Erreichen eines Finales eine große Sache.
Wenn es dann auch noch vor so einer Kulisse wie dem Rhein-Energie-Stadion stattfindet, muss man sich einfach auf diesen Tag freuen."

Große Premiere, denn das DFB-Pokalfinale der Frauen fand zum ersten Mal im Kölner Rhein-Energie-Stadion statt. Die Frauen bekommen seitdem ihre eigene Bühne und sind nicht mehr nur das Warm-up des Männerfußballs im Berliner Olympiastadion.
Im Pokalfinale standen sich Wolfsburg und Pattis Turbinen gegenüber.
14.269 Zuschauer fanden den Weg ins Stadion und sie wurden nicht enttäuscht.

Der VfL Wolfsburg lag 3:0 in Führung bis die Auf-
holjagd der Turbinen begann.
Das zwischenzeitliche 3:1 machte Potsdam wieder
Hoffnung.
30 Minuten vor Abpfiff wurde Patricia im Sech-
zehnmeterraum gefoult und Schiedsrichterin Katrin
Rafalski pfiff einen Strafstoß. Yuki Ogimi tritt an
und verwandelte zum 3:2!
Der Sieg blieb Patti und damit Turbine Potsdam
verwehrt.
Wolfsburg gewann dieses packende Finale am Ende
verdient mit 3:2.
„Das war Gänsehaut pur. Meine Familie und Freunde waren da und ich habe immer davon geträumt in
diesem Stadion zu spielen. Dort habe ich immer den
Männern beim Fußballspielen zugeschaut. Das war
eine große Erfahrung für mich."

Im Sommer 2013 entschied sich Patti für einen
Wechsel nach Bad Neuenahr. Doch dazu kam es
nicht, denn Bad Neuenahr musste Insolvenz anmelden, sodass sie kurzfristig für zwei Spielzeiten zum
SC Sand nach Baden-Württemberg ging.
„Sand war nicht geplant, aber ich bin so dankbar,
dass ich in diesem Verein spielen durfte.

Das war eine ganz tolle Erfahrung."
Potsdams damaliger Trainer schien in einem Interview etwas gekränkt zu sein:

„Hanebeck hat eine gute Zeit bei uns in Potsdam gehabt, aber sie hat eben auch Sachen mit sich rumgeschleppt, die irgendwann mal, naja wie soll ich es sagen.
Sie hat ihren Abschluss in der Schule gemacht, das heißt sie muss jetzt keinen Imbiss aufmachen. Das Problem jetzt: Bad Neuenahr macht eine Meldung, dass sie 280.000€ Schulden haben."

„SC Sand war nicht geplant, da ich zurück nach Bad Neuenahr wechseln wollte, aber ich bin froh, dass es so gekommen ist. Sand ist so eine tolle Gemeinde und hat noch diesen Charme eines richtigen Dorfes. Im positiven Sinne!"
Im Sommer 2015 gibt Patricia ihre Rückkehr zu Turbine Potsdam bekannt und verlässt den SC Sand nach zwei Spielzeiten. Umwege erhöhen die Ortskenntnis!

19.04.2015 Sand gegen Duisburg

Wie war das Spiel gegen ihren Ex-Verein Duisburg?

Um es kurz zu machen: Armut gegen Elend. Fußballerisch war nicht viel zu sehen. Ein einziges Gebolze. Das müssen wir jetzt schnell abhaken.

Sie haben schon eine lange Karriere hinter sich. Sie haben in Köln, Potsdam und Duisburg gespielt. Wie blicken Sie darauf zurück?

Ich kann mich nicht beschweren, was den Erfolg angeht. Ich habe bisher schöne Fußballjahre gehabt und werde im Sommer nochmal einen Wechsel nach Potsdam vornehmen. Von daher ist meine Karriere noch nicht zu Ende.

Danke und alles Gute Patricia Hanebeck.

Nach einem Jahr bei Turbine wird der Vertrag im Sommer 2016 aufgelöst.
„Mein Werbevertrag endete, sodass mir ehrlich gesagt einiges an Gehalt gefehlt hätte und außerdem hatte ich guten Kontakt nach Jena, sodass ich abgewogen habe und mich dann für einen Wechsel zum USV Jena entschieden habe."
Die Saison 2015/2016 lief nicht so, wie es sich die

Turbinen vorgestellt hatten.

Patti hat das Gefühl, dass sich etwas innerhalb der Mannschaft verändert hat.

„Das ist ganz allgemein gemeint. Wenn es sportlich gut läuft, dann ist alles immer sehr einfach und alle kommen miteinander klar. Doch bei zwischenmenschlichen Beziehungen ist halt oft so, dass sich der wahre Charakter erst dann zeigt, wenn es mal schwierig wird."

Im Sommer 2016 wurde dann der Wechsel von Potsdam nach Jena öffentlich gemacht.

Im Oktober 2016 kam es jedoch erneut zu einer Vertragsauflösung. Patricia war lange krank, häufige Infekte griffen das Immunsystem an.

Im Februar 2017 gab Patricia ihr Comeback beim TSV Crailsheim in der 2. Bundesliga Süd.

Im Juli 2017 gab sie ihr endgültiges Karriereende bekannt.

© Patricia Hanebeck

© Patricia Hanebeck / Hanebeck und Hartmann

© Patricia Hanebeck

© Patricia Hanebeck

© Patricia Hanebeck

© Patricia Hanebeck

© Patricia Hanebeck

© Patricia Hanebeck

© Patricia Hanebeck

© Patricia Hanebeck

© Patricia Hanebeck

© Patricia Hanebeck

© Patricia Hanebeck

© Patricia Hanebeck

© Patricia Hanebeck

Ab in den Ruhestand

Patricia beendet im Sommer 2017 mit 30 Jahren ihre lange und erfolgreiche Karriere beim TSV Crailsheim in Baden-Württemberg.
Auf ihrem Konto stehen nach all den Jahren 279 Bundesligaspiele, von denen sie 180 gewonnen hat und in denen sie 90 Tore erzielen konnte.
Hinzukommen noch etliche Pokalspiele.
Einen einzigen Platzverweis gab es und lediglich 16 gelbe Karten hat sie gesehen. Das ist eine beachtliche Statistik.

„Ich hatte während meiner Karriere nie mit Verletzungen zu tun, außer mein Wadenbeinbruch im November 2015. Ich habe eigentlich immer in der ersten Elf angefangen und auch 90 Minuten durchgespielt. Das ist natürlich über viele Jahre eine große körperliche Belastung. Ich hatte zum Schluss immer mehr Infekte. Mein Körper hat mir signalisiert, dass es jetzt einfach reicht, und es war der richtige Zeitpunkt, meine Karriere zu beenden.
Ich glaube auch, dass viele Spielerinnen bis 36 oder 37 spielen, weil sie Angst davor haben, was danach kommt. Man kennt ja nur den Alltag mit dem

Fußball und wenn man diese Bühne verlässt, dann sind da plötzlich nicht mehr tausend Fans. Auch für die Medien bist du dann nicht mehr interessant und viele meiner ehemaligen Mitspielerinnen definieren sich eben genau darüber. Ich bin froh, dass ich das nie getan habe und deshalb habe ich mich auch über das Leben nach dem Fußball gefreut."
Patti hat sich zur Reha-Trainerin weitergebildet und ist nun selbstständig. Sie gibt Rehabilitationstraining in einem Fitnessstudio in Crailsheim, wo sie gemeinsam mit ihrer Freundin Ramona und zwei Hunden, die Coco und Trudy heißen, lebt. Während unserer Arbeit an diesem Buch, ist auch Pattis Mutter Antonette nach Crailsheim gezogen.
Rückblickend betonen Patti wie auch Mutter Antonette, dass die Fußballzeit eine sehr schöne Zeit war. Man konnte was von der Welt sehen, große Sportler kennenlernen und in verschiedenen Stadien vor tausenden Fans spielen. Patti hat in dieser aktiven Zeit gutes Geld verdienen können, was aber natürlich nicht mit einem Gehalt im Männerfußball zu vergleichen ist.

„Rückblickend muss ich sagen, dass wir viel Freizeit hatten und Freizeit kostet eben Geld. Natürlich haben wir zweimal am Tag trainiert und weite Auswärtsfahrten gehabt, aber der Lebensstandard ändert sich auch ganz einfach, weil man einen ganz anderen Rhythmus hat."

Patti erzählt mir, dass sie persönlich lieber Männerfußball schaut, weil es doch etwas athletischer und schneller sei, als der Frauenfußball.

An die Fans in der Frauenbundesliga erinnert sie sich gerne zurück.

„Ich habe unsere Fans immer sehr geschätzt. Sie haben so lange Wege auf sich genommen und viel Geld für die Fahrten ausgegeben. Gleichzeitig habe ich mir aber immer gedacht, dass ich persönlich niemals für ein Frauenfußballspiel stundenlang fahren würde und so viel Geld ausgeben beziehungsweise Zeit aufbringen würde. Ich liebe diesen Sport, sonst wäre ich nicht über viele Jahre Profi gewesen, aber ich schaue dann doch lieber Männerfußball!"

Im Frühjahr 2018 steigt der 1. FC Köln aus der Bundesliga ab. Auch die Frauen des FC treten den Weg in die zweite Liga an. Ein Doppelabstieg.

„Ich bin natürlich traurig über diesen Abstieg, aber wir werden in Bundesliga zurückkehren, da bin ich mir sicher!" , kommentierte Patti.

„Leni, sammelst du auch Panini Sticker? Können wir welche tauschen?"

Leider musste ich diese Frage verneinen, aber Patti hat auch ohne meine Hilfe das Sammelbuch zur anstehenden Weltmeisterschaft der Männer in Russland fast vollkleben können.

Die Panini Sticker und das Sammelbuch verbinden sie mit ihrem Vater.

Ein herber Schicksalsschlag überschattet die Arbeit an diesem Buch im Frühjahr 2018.

Patricias Vater, Jürgen Hanebeck, erkrankt während dieser Zeit an Krebs und erliegt nur sechs Wochen nach der Diagnose und der Operation im April 2018 an den Folgen.

„Jede Minute zählt" ist der Untertitel dieses Buch und dieser Satz projiziert sich sehr gut auf das reale Leben. Wie schnell alles vorbei sein kann, das hat Patricia erleben müssen.

„Ich würde meinem Vater noch so viel sagen wollen. Ich finde es sehr schade, dass er dieses Buch nicht mehr lesen kann. Ich bin ihm so dankbar für die fußballerischen Gene, die ich erben durfte, und für die Zeit mit ihm.

In Erinnerung bleiben jetzt nur die Augenblicke. Ich hoffe, dass er mal einen Blick nach unten richtet und uns einen Sonnenstrahl zuwirft."

In den Gesprächen mit Patricia Hanebeck wird vor allen Dingen eines deutlich:
Dankbarkeit. Über die Karriere und darüber, dass ihre Eltern sie dabei unterstützt haben.
Ein schönes Schlusswort !

Danksagung von Patricia Hanebeck

Ich bin sehr dankbar dafür, dass ich meinen Traum und meine Leidenschaft leben durfte und mein Hobby zum Beruf machen konnte. Diese Möglichkeit bekommt nicht jeder. Und ich sehe jetzt an dem Tod meines Vaters, wie schnell auch alles vorbei sein kann. Deshalb finde ich es wichtig, dass jeder das macht, was ihn glücklich macht, denn man lebt das Leben für sich und nicht für andere. Meine Familie und Freunde haben mich dabei immer sehr unterstützt.

Aus sportlicher Sicht kann ich sagen, dass ich absolut zufrieden mit meiner Karriere bin und stolz darauf sein kann, was ich erreicht habe. Aber als Sportler weißt du, dass es immer besser geht.

Außerdem bin ich Leni dankbar, weil es ihr nicht darum ging, wie bekannt ich bin, sondern sie hat mich als Mensch bewertet und sich als Autorin letztendlich für mich entschieden.

Ich hoffe, dass ich mit diesem Buch auch die Menschen erreichen und Mut machen kann, die vielleicht

ähnliche Ängste haben oder auch unter anderen see-
lischen Erkrankungen leiden, denn es ist wichtig,
dass man darüber redet.

Eure Patricia Hanebeck

Nachwort von Ramona Treyer

Ich wusste, dass sie eine große Fußballerin wird, und ich weiß noch genau, was ich damals zu meinen Mannschaftskollegen gesagt habe:
„Die Hanebeck spielt Fußball, wie ich ihn mag und mir gerne anschaue. Sie denkt Fußball, so wie ich es tue."
Ich konnte den Namen Patricia Hanebeck nie vergessen und habe sie sportlich verfolgt, denn sie war eine sehr gefragte Spielerin in der Bundesliga.
Als Sportlerin ist sie ein absolutes Vorbild. Auf dem Feld wirkte sie aufgrund ihrer Spielweise arrogant, aber innerhalb einer Mannschaft ist sie immer sehr beliebt gewesen.

Liebe Maja,

den Spitznamen hast du, weil du zum einen Biene-Maja-Fan bist und zum anderen, genau wie sie, alles zu wissen glaubst ;-).

Ich wünsche dir, dass du dir deine Gelassenheit, die mir manchmal selber schon Angst macht, deine Bodenständigkeit und das „egal, was andere denken" beibehalten wirst.

Und sollten wir die „gelbe Bank" doch noch finden, dann meiden wir sie gemeinsam.

Danke für die vielen schönen, spannenden und leider auch traurigen Momente mit dir und die Einblicke in deinem Leben.

Von Herzen wünsche ich dir viel Gesundheit und Liebe.

Deine Ramona (Willi ;-))

Nachwort von Leni

Viele Monate liegen hinter uns und nun ist dieses Buch fertig. Ich hoffe, dass wir viele Menschen mit dieser Story erreichen.

Liebe Patti,

ich wünsche dir ebenfalls alles Gute und viel Gesundheit. Mir hat mal ein Freund gesagt, dass die Kunst des Lebens darin besteht, zu begreifen, dass es im Leben nur bergauf geht. Ich habe lange darüber nachgedacht. Es gibt immer Rückschläge, dennoch geht es immer weiter. Ich habe großen Respekt davor, wie du alles meisterst.
Und am Ende muss ich sagen: Respekt vor deiner erfolgreichen Karriere!

Deine Leni

Weiteres Buch der Autorin

Leni Rempe

Ferngesteuert – Freiheiten ohne Freiheit

ISBN: 978-3-7439-3381-1

Als gebundene Ausgabe, Taschenbuch und E-Book

Zeitfracht Medien GmbH
Ferdinand-Jühlke-Straße 7
99095 Erfurt, Deutschland
produktsicherheit@kolibri360.de